화살나무

이 도서의 국립중앙도서관 출판예정도서목록(CIP)은 서지정보유통지원시스템 홈페이지(http://seoji.nl.go.kr)와 국가자료종합목록시스템(http://www.nl.go.kr/kolisnet)에서 이용하실 수 있습니다. (CIP제어번호 : CIP2020040245)

고요아침 운문정신 034

화살나무

김월수 시조집

고요아침

첫 시조집『화살나무』는 이 세계에 존재하는
많은 가족을 인연으로 끌어안고자 했습니다.
우리 안에 존재하는 간절한 숨소리를
그리움의 대상으로 삼았습니다.
파란 하늘 속 나락이 익은 가을 들판을 찾고자 했습니다.
한 사발 정화수 속에 들어앉은 어머니를 찾고 싶습니다.

2020년 12월

물결 김월수

| 차례 |

시인의 말   05

제1부

만어사 가는 길   13

세한도   14

매생이가 온다   15

게르니카 5月   16

새끼 물떼새의 말   18

정방폭포   19

네펜데스   20

늑대 부부   21

임플란트   22

유언   23

백탄의 시간   24

정지에서   26

고사목   27

화살나무   28

제2부

꽃 꿈   31

벚꽃 유모차   32

하늘이 파란 날   33

시집 속 잉카제국   34

부황역 상경기   35

오라비를 그리며   36

매화   37

쑥부쟁이꽃   38

떠나는 호미에게   39

물의 길   40

탑정리 소나무   42

아가야 어서 오너라   43

제3부

동강할미꽃 47

양치기의 하루 48

터무니가 사는 집 49

두물머리 50

하늘 풀밭 51

부글부글 52

머리 심는 여자 53

코로나19의 밤 54

꽃기린 55

얼음꽃 56

히말라야 노새 57

금곡리 느티나무 58

백야 59

제4부

악어   63

토끼와 함께   64

별   65

손금   66

파리 잡는 할머니   67

걱정 많은 남자   68

새가 날다   69

내 아이의 햇살과 나의 햇살이 만났다   70

걷고 있는 남자의 시집 1   72

걷고 있는 남자의 시집 2   73

고래의 길   74

여치가 운다   75

마술 램프   76

해설_감동의 신서정과 사설 가락의 유연성 / 이지엽   79

제 1 부

만어사 가는 길

절 아래 이팝꽃밥 한 그릇 퍼먹으러 간다

안개 속에서 서로를 감싸 안은 돌들의 숨결이 아침 해
와 만날 때 그 모습은 왜 그토록 한 소년을 닮았는지, 이
팝꽃 향기로 피워내던 사내의 서러움은 윗동네 처녀와 언
약 맺어주고 촛불로 피워올리던 어머니 어머니 나는 그만
아득해지고 만다

만어산 암기류* 돌의 숨결
어쩜 그리 좋은지!

* 경상남도 밀양시 천연기념물 제528호. 왕자는 큰 미륵이 되고 물고기
는 모두 돌이 되었다는 곳.

세한도

매화 앞에서 들었던 차디찬 꽃말에서
거칠게 들이대며 들어오는 해풍까지
머물던 문장 속 당신
그곳은 따뜻했는데

추위를 받아 낼 노래 없는 탓인가
여유를 한 겹 더 껴입으란 충고인가
흰 눈을 밟고 서 있는 듯
뼛속 생각 얼얼하다

두 눈을 치켜뜨고 연둣빛을 찾아 본다
아, 내 속에 이리 묵힌 세한의 길 있었구나
절벽을 잡고 오르는
천 길 설움 시귀詩句 같은

수백 년 한 자세로 절정으로 곧게 선
한 그루 소나무가 묵언으로 지킨 삼동
얼음에 갇혀만 있던
심미안 눈을 뜬다

매생이가 온다

― 장흥 아재

뚝배기 배 한 척이 내 앞에 정박했다
뜨거운 매생이 앞 기억이 펑펑 운다
어둠 속 찰나를 뚫고
별빛만 건진 아재

삼 남매 어둠 속에 덩그러니 남겨두고
잠 설친 물결 따라 물질만 가시더니
오늘은 어느 바다의
초록 별 건지는지

그믐밤 물속 깊이 까맣게 파고들던
그 설움 위장까지 찌릿찌릿 흘러내려
혹한 속 그리움 뚫고
매생이가 몰려온다

게르니카* 5月

1.
중환자실 한쪽에는
환한 시간의 물살

마치 폭탄이라도 떨어졌던 듯, 경동맥 수술 후 왼쪽 목
에 붕대와 테이프를 붙인 사람, 뇌 수술한 머리에 하얀 붕
대를 동여맨 사람, 모두 두 손 벌려 안아줄 사람을 찾고
있다 한순간, 수술이 잘못되면 내 의지도 뎅강 잘려 나갈
것 같다 망연자실 멍해진다 마비가 오는 방향으로 기운
채 소의 눈을 한 당신이 나를 빤히 본다

그렇게 맑은 절망을
난생처음 보고 만다

2.
꽃향기 진동하는
오월의 일이었다

광장에는 기관총으로 난사 당한 도청 벽면, 시체가 널
브러져 있다 단지 자유를 달라 소리친 것뿐인데 우멍하고
순박한 눈망울의 사내 마흔 해 내내 지는 꽃 가운데 선

　　소를 쏙 빼닮은 그 얼굴
　　나를 따라다닌다

　　* 피카소 그림.

새끼 물떼새의 말

모두가 다 신천지인 세 마리 새끼 새가
호기심에 해롱대며 구릉丘陵 위 어미에게
몸으로 처음 들었던
다급한 말 빨리빨리

산 너머 일 번개같이 알려주는 구름처럼
자갈밭 모래무지 스치는 듯 물 건널 때
양 날개 살포시 스며든
여름의 말 빨리빨리

물과 돌과 모래와 산새의 인사처럼
어미를 따라가며 잠결처럼 듣던 소리
다정한 물줄기 따라
익숙한 말 빨리빨리

천방지축 나대며 날개 겨우 말린 사이
보슬비에 몸 내주는 봄날 같은 그 목소리
눈물을 글썽이며 듣는
어서 와 빨리빨리

정방폭포

― 불꽃놀이

별인 듯 불인 듯
물인 듯 꽃인 듯
쏟아져 나온 울분
용트림이 요란하다
수천의 폭포수 결이
수만의 별 품는다

물꽃 불꽃 되어
하늘로 향한다
차별도 서러움도
그 순간엔 벽도 없는
내 안의 상상과 구상이
물거품 되어 부글댄다

불 속으로 자꾸만
어깨를 밀어 넣는
내가 가둔 그 여자
가을인 듯 노래인 듯
끝없는 질문과 대답
오로라로 쏟아진다

네펜데스*

꽃 층마다 갖추고 있는 은밀함 앞에서
얼마나 파고들어 온전한 하나 될지
바람과 이슬의 말에
전전긍긍 애달팠지

그 무거움 떨쳐내려 오늘도 문 앞에서
기다림이 끝나가는 순간까지 서 있었지
내게 꼭 필요한 사랑
의심하지 않았기에

속마음 숨길 줄도 모르는 실루엣에
황홀한 몸짓으로 문을 열고 말았지
순간에 느끼는 공복
비백飛白의 겨울이었어

* 벌레잡이통풀.

늑대 부부

풀밭 위 움직임을 감지한 부부가
순간에 튕겨 나갈 움츠린 야성으로
다리를 수없이 구르며
들소를 바라본다

근육을 불끈거리며 뿔을 흔드는 저 들소
떼로 몰려와 거친 숨을 몰아쉰다
덤비지 말라는 듯이
어깨까지 윤이 난다

열 배의 무게까지 끌고 갈 어금니의 힘
새끼 핥는 순한 본성 내밀하게 감춘 채
불같이 뛰어 들어간다
먹이 향한 저 집중의 힘

임플란트

이제 나의 감각도 회복된 모양이오
야생의 기억마저 부드럽게 소화시켜
비로소 단단한 힘을
갖추게 되었소

상상 따라 잘 변하며 당기던 입맛이
겨울과 여름을 차별하던 채식이
복잡한 환유의 정거장
쇠심줄로 살아났소

이제부터 깊숙이 뿌리 내릴 작정이오
생각 위에 끼운 역사를 읽어낸 적 없지만
비유나 역설 앞에서
실패하지 않도록

공간과 행간을 맞춰 나태함을 물어뜯고
그리움과 추억 따윈 전부다 소화시키고
남과 북, 도보다리 대화
백두 한라 걷고 싶소

유언

달력 속 어머니를 남해에 뿌렸다
수평선의 소실점이 그녀를 끌어당기자
미련도 경계도 없이
썰물에 업혀 간다

태어나 죽을 때까지 일출 한번 못 보고
간곡하게 물길 찾아 숨죽이던 가슴앓이가
하늘로 가는 배 되어
깊숙이 닻 내린다

누군가 후생을 믿느냐고 물어오면
나는 분명 현생과는 정반대라 말할 거다
무엇도 가둘 수 없는
파랑 풍랑일 테니

백탄*의 시간

1.
꿈속의 오빠가 자작나무를 옮긴다
잘려진 몸짓 안의 일가를 이루려
숨결이 상하지 않게
촘촘하게 집중한다

풍문을 달래어 숨결까지 불어 넣고
빽빽한 나무 이력 태우고 다독이며
자꾸만 속속 깊숙이
다음 생을 말린다

2.
스무하루 어둠과 바람 빛이 다녀가고
좌선하듯 앉아서 모든 기척 비워내면
나이테 둥근 기억까지
차곡차곡 쌓아놓는다

구덩이에 흑탄을 넣고 불기운 잠재운 후
토막 난 기억을 하나하나 호명하니

하얗게 육탈된 뼈들

저녁 경전이 살아난다

* 숯의 종류.

정지에서

문으로 들어서자 적막이 깜짝 놀란다
온기도 먹거리도 어머니도 사라졌는데
아궁이 저만 혼자서
짐승처럼 웅크렸다

멋대로 들어와 살고 있던 고양이와
살쾡이 족제비와도 이물 없이 지냈는지
켜켜이 찍힌 발자국이
주인인 양 선명하다

두 손 모아 바라보던 새벽별이 빛날 때
한 사발 정안수에 들었던 손망울꽃
간절한 그 분홍 꽃잎들
어느 별에 피었을까

고사목

천 년의 바람을 등 뒤에 지고서도
몇 백 구비 구름을 정면에서 맞서며
시장기 잊지 않으려
높은 자리 고집한다

창백하게 쌓인 눈은 내 감당할 명분인가
까마귀 울어댄 골짜기 넘고 넘어온
절정의 바람과 함께
지금 여기 껴안는다

화살나무

화살 한 짐 지고 서면 과녁마저 사라지는가
나아가야 할 방향과 생각을 잊었는지
끝끝내 날아갈 기미가
보이지 않는다

찬찬히 바라보니 내 아버지를 똑 닮았다
빠른 걸음 날카롭게 빛나는 촉을 품고도
가난만 우글거리는
산마루를 지키면서

제대로 한 번을 날아보지 못했으니
속으론 얼마나 날아가고 싶었을까?
붉어진 서쪽 하늘을
몇 백 번 태웠을까?

나 또한 심장 안에 열망만을 쌓다가
후회처럼 늦가을에 마침내 다다랐지만
한 번은 날아갈 것이다
하늘 우물 시간 속으로

제 2 부

꽃 꿈

핸드폰을 열어도 인터넷을 펼쳐도
안 보이던 그 꽃이 찾아와 손짓을 한다
마침내 제자리 찾아
뿌리 뻗고 있다는 듯

꽃을 찾아 가시 덮인 선인장을 지난다
사막 속 전갈 피해 도착한 절벽에서
난 그만 뒤쫓아 가던
향기마저 놓쳤다

손안에 넣겠다고 착각을 한 것인가!
속삭임도 눈 흘김도 모두 다 사랑인가?
불혹의 꽃봉오리가
찾아와서 날 달랜다

벚꽃 유모차

돈 안 돼 미안한 듯
잔뜩 몸 웅크린 채

골목길 불 지피는 희고 붉은 벚꽃 잎 샛길을 빠져나가
는 유모차 위에 앉아 핸들 꼭 움켜잡은 구부린 허리를 덮
어준다 들어 올린 어깨로 똑바로 앞을 보며 염색약 폴폴
날리던 수지미용실 지나 매콤하고 새콤한 비빔국수집을
지나 시골서 보내온 씨감자, 키보다 높은 상자 태우고 가
는 날 좋아서 시벙글 얼굴에 벚꽃 피었다 바쁜 택배차가
걱정스레 뒤 봐주는 아홉 시 햇살 위로 천천히 날리는 꽃
잎을 따라서

오늘도 십 리 길 걸어
어르신 쉼터에 간다

하늘이 파란 날

짐 정리 다 끝내니 그 기미 알아챈
구십오 세 어머님 집에 가자 하신다
힘들게 병원 왔는데 치료하고 가야지요

지금은 걸어서 화장실 못 가잖아요
허리도 낫지 않아 일어서지 못하시고
며칠 더 병원에 계세요 고개를 끄떡인다

막내딸도 만나고 아들들도 자주 만나
집보다 더 좋잖아요 또 고개를 끄떡인다
조용히 문을 닫는다
하늘 너무 파랗다

시집 속 잉카제국

한 포기 풀에도 영혼이 새겨진 곳
새털구름 한 조각이 피어날 때마다
숨겨진 바람의 숨결들
돌벽 사이 문을 연다

이끼가 닦지 못한 눈물이 뛰어나와
나침반 속에 숨은 정교한 이야기를
라마가 뛰놀고 있는
광야로 내보낸다

말 등에 타 정복 안 된 나의 시조가
빛줄기가 써 내려간 주문을 외우며
신전에 잠들어 있는
목소리를 깨운다

부황역 상경기

눈 속에 눈물 다 담아 넣고 오겠다며
대롱대롱 말 매달던 소녀의 엉거주춤
표적의 이름 앞에서
약속의 허리 편다

다 쓸어가 없어진 꿈들에 미안한지
장마에 쓸려갔던 징검다리 이끼 입고
기차에 보따리 싣던
볼 빨간 아이야

이젠 눈물 담아놓을 우물마저 없어도
도시로 향하던 절박함이 남아있는
부황역 다음 다음 역
향해서 달려가라

오라비를 그리며

춤추던 오로라도 슬픔도 멎은 그곳
떠나간 오라비를 만날 수만 있다면
그 속에 모르고 있던
허물이라도 좋으리

소문을 쫓아가다 기억을 놓쳤어도
봉우리 넘지 못해 발목이 걸렸어도
영화 속 주인공처럼
모래벌판 달려가리

매화

쇄암리 일 번지가 폭설에 파묻히고
밤새워 토닥토닥 들리던 다듬이 소리
당신의 밀풀 향기가
소리 되어 울립니다

지워지지 않는 글자 또다시 쓰다가
날씨에 기대앉은 매화꽃을 보았어요
편지에 꼭 맞는 글씨체
오늘에야 만났어요

골목 바람 깊다 해도 차분함은 잃지 마라!
천천히 스며드는 한 줄기 빛의 소리
새들도 몰래 보느라
지나가지 않네요

쑥부쟁이꽃

하늘에서 톰방 떨어진 이슬 한 방울
안으로 들어오란 당신 눈물 같아서
다리가 휘청거리던
마음과 헤어졌어요

어둠에서 나오라는 당신의 말 같아서
어둠 속에 슬어놓은 용기까지 찾아내
귓속 안 숨죽어 있는
솜털도 일으켰지요

담쟁이 덮고 있는 담벼락을 지나서
길 위에 넘어져도 본분 잊지 말라며
언덕을 오르던 당신이
숨겨놓은 눈물인가요?

떠나는 호미*에게

달구고 두드리며 키워온 아비의 길
재빠른 몸놀림은 불길도 따라오지
불 속에 생겨난 얼굴
네 이름은 호미

달궈진 집중력이 인내의 밑천이니
몸짓이 대장장이 마음과 같아질 때
강하고 날카로움이
너에게 찾아온다

천둥 번개 뚫고 간 밭 보듬고 다져가며
땅의 심 거둬들인 동반자 호미 손아
뜨거운 가문의 열기
이방까지 뻗어가거라

* 미국으로 수출된 호미.

물의 길

1.

포세이돈 입속에서 철철철 쏟아진 물
갇혀있던 묵은 말의 이랑으로 스미더니
목뼈에 얹힌 물줄기
힘주어 끌어낸다

스스로 추스르고
스스로 책임지고
스스로 살아남아 로마에 왔느냐고
물속에 둥둥 뜬 눈동자
마주 보며 묻는다

2.

기원전에 시작한 그 수원水源
그 수로水路* 앞

수천의 눈들이 수천의 눈들에 의한 수천의 눈들을 위한
시간, 천년을 건너 찾아온 트레비 분수 앞에서 제 나라 돌
아가서 무탈하게 잘살게 해달라는 간절함 대신, 하마 작

고도 작은 소망 마흔 가까운 아들 제발 장가가게 해달라고

  절절한 염원을 담은
  주먹 들어 동전 던진다

* 기원전 19년 아그리파(고대 로마의 정치가)에 의해 축조된 수로를 통해
들어온다.

탑정리 소나무

바람의 슬하에서 벗어나 당도한 곳
고개 들면 몰려드는 마른 나무 손끝 피해
절벽 앞 첫 번째 만남
이국인 듯 낯설다

절벽과 절벽 사이 부딪치는 거센 바람
바람의 서슬 끝 쪽 찾아든 돌 틈에서
십 년 전 심고 간 너는
기품까지 갖췄구나

한동안 잊고 살다 찾아온 오르막길
눈이 크면 뭐 하나 한 치 앞도 못 본 채
너 혼자 남겨두고서
헤매던 일 부끄럽다

아가야 어서 오너라

소담한 꽃봉오리 만드느라 고생했다
먼 길을 걸어와 키도 많이 컸구나
네게서 송골송골한
빛이 쏟아지는구나!

화촉을 밝히기 전부터 넌 나의 빛
삼백예순다섯 날도 줄탁동시 하자구나
너만을 기다린 집이
다정하게 속삭인다

가문의 어미로 딸과 함께 왔구나
집이 높아 어떤 액도 못 올 것이니
이제는 쉬어도 된다
오체투지는 내가 하마

제**3**부

동강할미꽃

가파른 바위와 밀착이 된 버섯처럼
구름 아래 둥지 틀고 피워낸 송이송이
벌판을
내려다보며
햇살에 꽃잎 데우네

절벽으로 파고들던 울렁임이 멈추고
향기 속에 품고 있던 온온한 꿈 나들이
나비의 날갯짓 따라
살포시 눈을 뜨네

솜털들도 눈뜨게 한 경사로 흐르는 빛
자줏빛 따라간 할머니의 손 박음질
촘촘한
빗살무늬가
하늘길 따라가네

양치기의 하루

기울어진 절벽과 친구가 된 나를 따라
초원의 하늘 위로 마실 나온 조개구름
벌판에 몸을 눕혀서
햇살에 데운다

이리저리 파고들며 울렁이던 양떼들이
콧노래를 부르는 들꽃의 향기 따라
햇살에
데워진 몸을
내 옆에 누인다

경사에 걸쳐있던 봄여름이 몸 포개도
바람 구름 뒤엉켜서 햇살 열고 덮어도
방향을
바꾸지 않는
감미로운 소풍 길

터무니가 사는 집

고개를 숙여야 드나들던 작은 쪽문
금빛과 어둠이 바람 따라 들고 나고
거짓도
진실이 되는 곳
어디 가면 만날까!

헐벗은 수다가 떼를 지어 들썩이면
창밖을 바라보던 사치를 접어두고
초승달
띄운 국수를
저녁으로 팔던 집

생소한 계절풍의 기류에도 다정하고
꿀맛 나는 소반 한 상 만나는 꿈속의 집
아버진
어느 누마루
터무니에 앉아 있을까

두물머리

잃지 않을 본성이 반듯이 멈추는 곳
샛강과 여울 지나 우리가 늘 만났던 집
간절한
물의 숨소리
황홀하게 살아나던

당신이 가졌던 리듬과 같아질 때
기다림은 몸속에 흩어지는 순간일 뿐
달콤한
한통속이라도
묶인 몸이 풀리던 곳

하늘 풀밭

칠월 아침 중동 공사 현장으로 떠나는 날

지칠 줄 모르는 잡초 근성 몸속에 저장하고 풀밭의 열
기만큼 뜨거운 눈짓을 땀이 고인 손을 들어 높은 열망을
망설임 없이 끌어올리는 아버지 허기를 놓칠 수 없다 칼
바람 다독일 봄은 아직 먼 곳에 있기에

공항 밖 자식 다독이며 어머니는 자꾸 풀밭을 향하고

부글부글

오늘 난 저주를 여주 상주 경주 제주
여행하기 딱 좋은 한 곳으로 읽고 싶다

한순간도 곳곳에서 부글부글 끓지 않는 날이 없었으니
당신은 나를 제단 앞에서 무릎 꿇고 기도하게 했고 계단
을 오를 때도 커피 향에 취하게 했고 문도 없는 저주를 들
이게 했고 시를 끓어오르게 했고 반 갈라놓게도 했고 당
신은 온종일 부글부글 끓어오른 여자를 김빠진 맥주로 만
들었으니

속없는 이태리 장식장 양주 옆에 탁주를
연애질하듯 세워서 부글부글 끓인다

머리 심는 여자

마을에서 가장 높이 떠 있는 외딴집
비 오고 눈 내려도 드나드는 인적 없이
오로지 파란 풀잎만
무성하게 터 살리네

새들은 종종종 노닐다 가고 오고
소문만 수런수런 대나무 숲 헤매도
그 소리 못 들은 언니
가발 틀에 머리 심네

꿈속에도 쉬지 않고 움직이는 손가락
가발 속에 챙겨 넣는 혼수품 봉지들
무성한 여자의 뚝심
자라나는 적금 통장

코로나19의 밤

공원에 들어서니 매서운 바람 물결
빈 코트 앞 혼자 서서 배드민턴 채를 드니
어느새
눈앞에 서서
확진 찍는 달그림자

꽃기린

집 옮기고 난 뒤 넌 잎 먼저 떼어냈지

사막이 고향이었나 잎도 없이 긴 목을 올려 피워낸 꽃
숭어리, 고개 넘는 손수레에 가려진 내 엄마처럼, 할머니
가 피워 올린 지붕 위 호박처럼, 천천히 천천히 다가왔지
오 발걸음 멈추지 않고

잎 없이 가시만 달고서 낙타처럼 걸어서

얼음꽃

오늘만은 제발 제발 차가운 착지점을
아니요, 시작점을 표시하지 마세요
차가운 열정으로만
가까이 와주세요

기어이 이곳에서 이별하고 싶은가요
변치 않을 거리를 유지해 준다면
혹한이 끝난다 해도
첫날처럼 다정할게요

문 앞의 유리창을 너무 믿지 마세요
빠르게 피워낸 꽃이라도 그냥 두세요
당신이 바람을 멈추면
나는 바로 떠날 거요

뜨거운 내면만은 멈추지 말아줘요
우리는 번질 뿐 사라지지 않아요
언젠가 날 보고 싶으면
눈을 감고 상상해요

히말라야 노새

야크와 소 사이에서 태어난 새끼를
강보에 싸 아이와 함께 수레에 싣는다
갈 길이 멀고 험해도
서두르지 않는다

바람 막는 해와 함께 깡마른 풀과 함께
눈이 덮여 가파른 산마루 길 지나서
바위산 너머에 있는
봄밭을 찾아간다

기다리던 하데크는* 해를 안고 잠들었는데
함께 가는 길 위에서 불러보는 아버지
방울을 짤랑거리며
어느 별에 계신가요?

* 야크와 소 사이에서 태어난 종.

금곡리 느티나무

북국에서 날아온 철새에겐 큰 가지를
짐수레 끌고 온 개미에겐 창고 방을
먼 길 온 눈송이한텐
잠자리를 내주네

일찍부터 가장 역할 버거운 소년에겐
나이테의 숨결로 어린 소망 다독이며
푸른빛 물든 두 손에
별빛 달빛 안겨주네

겨우겨우 등을 기댄 나의 어깨 무게 위로
한 잎 남은 이불 덮어 바람을 막아주네
비좁은 오두막이라도
오늘 밤은 쉬라는 듯

백야

온종일 넘어지던 오뚝이를 세워놓고

인기척이 모두 안개에 덮일 때를 기다려 오빠와 함께 찾아가는 노르웨이 '송내 피오로드' 빙하 꼭지에서 내려온 얼음물에 손끝을 담그면 함께 느껴지던 찌릿함, 발끝으로 전해졌지 가로등에 날아들던 새떼처럼, 불빛 환한 상점에서 동그란 그릇에 담긴 심지 튼튼한 초를 구해 동생들과 함께 식구 수대로 불을 밝혔네

오빠는 반짝이며 찰칵, 새들은 연신 재잘재잘

제4부

악어

몸 충전을 하느라 걷는 몸은 굼뜨지만
울퉁불퉁 물속에선 물새처럼 빨라진다
다리를
다쳤는데도
마음 편한 깊은 물 속

물속에서 보내는 아버지의 하루는
물보라 일으키며 고기 떼가 몰려올 때
종족을
소리로 모아
활동하는 참돌고래

배 안에 물고기만 채워갈 수 있다면
통통통 소리 대신 딸각딸각 고동 소리로
온 동네
들썩거릴 날
봄날처럼 기다린다

토끼와 함께*

황소만 한 토끼 타고 반달 찾아 떠난 리지
반달 타고 놀고 있는 남자 친구 만나면서
이제는
반달과 손잡고
토끼도 함께 타네

엄지 검지 마주 대며 찾아다닌 울림통이
둥 둥 둥 울리면서 나들잇길 열어주니
구름에
친구와 함께
토끼도 태우네

토끼도 우주 비행사 반달도 우주 비행사
우주 속 빠른 길로 외국에 살고 계신
할머니
찾아 떠나네
남자 친구 손잡고

* 손녀 리지의 그림.

별

그립고 그리워도 끝끝내 참아내라
네 안에 숨어있는 수줍음도 당당하게
커다란
마당 위에서
높이 높이 뛰어라

두근대는 엄마의 가슴속이 후련하게
따뜻한 이야기는 높이 높이 쏘아 올려
밤하늘
환해지도록
반짝이며 빛나거라

애정 깊은 산길이 배웅하는 집을 떠나
걸어가야 하는 길, 별이 되기 위한 길
격려와
박수의 마음을
찾고 또 찾아오거라

손금

나무가 그리는 운세 좋은 모래 손금
빗소리가 모래밭에 한 걸음씩 다가오면
빗물은
잎 위를 굴러
바닥으로 스며든다

쏟아지는 빗물 따라 움직이는 가지의 손짓
하루 운이 다 좋다는 빗줄기의 수다 소리
오늘의
행운 운세를
다 차지한 나무의 날

아직도 목마르다 불평하는 모래에겐
하늘 보면 찾을 수 있게 그림을 그려준다
호랑이
장가가는 날
일곱 빛깔 무지개

파리 잡는 할머니

파란 망을 다 덮고도 옥상 밖을 내달리는
삐져나온 호박순을 솎아내고 있는데
빨래를
널다 가끔 만난
할머니가 파리 잡네

언제라도 비가 펑펑 쏟아질 듯 잿빛 하늘
벌들은 호박꽃 속 바삐 바삐 드나들고
할머니
옥상 돌면서
재미 난 듯 파리 잡네

노란 꼬리 고추잠자리 떼를 지어 날개 펴고
바람은 부산하게 호박잎 들추는데
할머니
바쁜 일 없는지
파리만 잡고 있네

걱정 많은 남자

아침의 껍질을 벗기면, 할 일로 가득 찬다

이 방 저 방을 다니며 콘센트를 뽑는 일 창문을 열고 밖에 있는 수돗가를 바라보다 누가 잘 안 잠갔는지 물이 쫄쫄 나오면 정확한 발걸음으로 걸어가 수도를 잠근다 오늘은 남자의 아버지 제삿날 저녁에 만난 아들에게 당부하는 말 운전 조심하고 집에 가면 꼭 전화해라

가장의 월급날 잊었지만, 변함없는 세상 걱정

새가 날다

내 가슴 태우던 빨간 얼굴 어린 내가
나를 와락 감싸 안고 어머니를 부르네
아직도
널 못 본 강물
활활 노을 태우는데

걱정 마요 용기 있게 견디어내 잘 살게요
초록과 함께 온 용기는 기가 죽어
얼음 된
가슴속 덩어리
새가 되어 날아가네

뜨거움은 차가움의 또 다른 기억인데
너와 나를 태워주는 바다의 미끄럼틀
서로의
눈빛 속으로
난 널 넌 날 가두네

내 아이의 햇살과 나의 햇살이 만났다

1.

아기의 햇살이 초록빛에 풍덩 들어가네

철없는 햇살 나비 따라 나풀대며 자꾸 초록으로만 가네 재빨리 나비의 날개를 펼쳐 겨우 막아내면 이젠 더 큰 나무를 향해 작은 날개를 흔드네 종종종 따라가 아니다 아니다 소리치면 까르르 구르며 초록 돌부리에 걸려 휘청이네

봄 햇살, 펼쳐 불러도 딴 쪽을 보는 아이

2.

나의 엄마 햇살은 길이도 참 길었지

풀 자란 길을 갈 땐 뱀 밟지 않도록 조심하고 쇠똥벌레가 굴리고 있는 소똥 발로 차지 말고 산에 가면 나뭇가지에 있는 새끼 새집 건드리지 말고 들에 가선 보리밭 속 새알을 봐도 가져오지 말고 풀섶에 쪼그리고 앉아 오줌 누지 말고, 소낙비 쏟아지면 갑자기 물 불어나니 냇물 혼자

건너지 말고 조심하고 하지 말고가 전부였던 엄마의 햇살

이제는 내 아이 햇살과 함께 사는 따뜻한 집

걷고 있는 남자*의 시집 1

온종일 쉬지 않고 짓고 있는 그 집은
물방울 천 개 모아 바위 위에 만든 집
역설이
숨 쉬고 있는지
앞만 보며 걷는 남자

얼기설기 엮어진 지붕에 어깨 내주며
땅 위의 세상에선 찾기 힘든 느린 걸음도
언제나
기다려 주는
뼈만 있는 그 남자

* 자코메티의 조각상.

걷고 있는 남자의 시집 2

주춧돌 캐려고 들어간 겨울 연밭
탐나는 물건에만 빠져든 조각배 발
애절히
바라만 보는
눈길 깊은 그 남자

자석에 끌려오듯 한순간에 찾아온 곳
다져진 철통 몸매 거인 같은 훤칠한 키
긴 다리
멈추지 않고
나보란 듯 걷는 남자

고래의 길

화살 구름 쫓아가다 다시 만난 양털 구름
마주 보며 파도 타던 그리움 달래본다
어미 뒤
따라다니던
먹구름 깊은 골

여울을 건넜어도 너울을 넘었어도
안 보이는 눈동자 흔들리는 지느러미
바다의
어미가 되는 슬픔
젖꼭지에 감춘다

갈맷빛 무인도가 항구처럼 떠 있는 곳
섬에 사는 그 노래와 함께할 수 있다면
이제는
작살에 맞서
파도 속에 던져보리

여치가 운다

유치원 버스에서 내린 아이가 운다
다닥다닥 붙어있는 은행을 가리키며
하나만 따 달라더니
버려달라 찌 찌르르

창틀에 앉아있는 단풍잎을 모아서
그릇도 만들고 과자도 만들어
강아지 목욕시키자
밥 주자고 찌 찌르르

노랑 파랑 국화꽃처럼 예쁘게 만들어서
창문 앞 감보다 더 빨강 옷 입혀달라
모두를 뜨겁게 데우는
가을의 소리 찌 찌르르

마술 램프

산수유 꽃술 위로 쏟아지는 눈발을
밤새워 털어내던 힘없는 눈꽃 시녀
램프를 두 번 문지르니
제니가 나타난다

때늦은 겨울눈의 열기도 달래주고
꽃눈 위 눈꽃 털며 애가 타는 램프 요정
봄 눈꽃 격려하는 듯
뿌리 위엔 눈을 덮고

쌓인 눈 속에서 산수유 꽃눈 돌보며
시녀가 펼쳐놓은 돗자리 위에서
눈꽃을 사그락사그락
쓸고 있는 요정 제니

해설

감동의 신서정과 사설 가락의 유연성

/

이지엽

감동의 신서정과 사설 가락의 유연성

이지엽

경기대 교수 · 사)한국시조시인협회 이사장

김월수 시인의 작품에서는 잘 익은 바람의 내음이 난다. 보리가 팰 무렵 풋풋함을 떨치면서 이제 완연해진 따사함을 품고 있는 바람이다. 평시조의 가락도 가락이지만 사설시조의 가락도 잘 운용하고 있다. 바람 아래에서는 여문 물소리가 흐르고 있다. 촘촘한 구성과 선명한 주제의식이 잘 드러나는 물소리다. 소리의 강약이 살아 있다. 여리면서도 그치지 않고 강하면서도 개울의 영역을 벗어나지 않는다. 결이 온화한 바람이다. 온화함은 삶의 표면에서만이 아니고 마음속에서도 번져난다. 내면화를 통한 감동이 무엇인지를 알고 있다. 그 바람은 사나운 "천 년의 바람"을 넘어 "몇 백 구비 구름"을 맞서 「고래의 길」로 나아가고 있다.

1. 사설의 가락과 유연한 운용

시조를 창작해본 사람은 누구나 잘 알고 있듯 사설시조의 가락은 운용하는 데 상당히 유의할 점이 많아 제대로 쓰기가 힘들다. 그런데 김월수 시인은 오랫동안 자유시 창작에서 신경 써온 형식적 미감을 십분 활용, 가락을 잘 넘나들면서 장단완급이 살아 있는 좋은 사설시조를 창작하고 있음이 주목된다. 내용도 어느 한군데 편협한 것이 아니라 오늘날의 가장 민감한 현실 상황은 물론 서정성이 요구되는 작품에 이르기까지 다양한 스펙트럼을 보여주고 있다.

1.
중환자실 한쪽에는
환한 시간의 물살

마치 폭탄이라도 떨어졌던 듯, 경동맥 수술 후 왼쪽 목에 붕대와 테이프를 붙인 사람, 뇌 수술한 머리에 하얀 붕대를 동여맨 사람, 모두 두 손 벌려 안아줄 사람을 찾고 있다 한순간, 수술이 잘못되면 내 의지도 뎅강 잘려 나갈 것 같다 망연자실 멍해진다 마비가 오는 방향으로 기운 채 소의 눈을 한 당신이 나를 빤히 본다

그렇게 맑은 절망을
난생처음 보고 만다

2.
꽃향기 진동하는
오월의 일이었다

광장에는 기관총으로 난사 당한 도청 벽면, 시체가 널브러져 있다 단지

자유를 달라 소리친 것뿐인데 우멍하고 순박한 눈망울의 사내 마흔 해
내내 지는 꽃 가운데 선

소를 쏙 빼닮은 그 얼굴
나를 따라다닌다

—「게르니카 5月」 전문

　우리가 잘 알고 있는 피카소가 그린 〈게르니카〉를 소재로 쓴
작품이다. 물론 〈게르니카〉는 스페인 북부 바스크 지방의 작은
마을 이름으로 스페인 내란 중, 1937년 4월 26일 프랑코군을 지
원하는 독일 비행기가 이 마을을 맹폭하여 2,000여 명의 시민이
사망하는 비극적 사건이 일어난 곳이다. 이 소식을 들은 피카소
는 대작 〈게르니카〉를 통해 이에 대한 비극을 담아내었다. 그
런데 시인은 이 작품에 나타나고 있는 전쟁의 광포성과 비참함
을 광주민중항쟁에 빗대어 나타내고 있다. 각 수의 초장과 종장
은 정격을 고수하고 있다. 첫 수에서는 무슨 일인지는 모르지만
부상당한 의료 현장을 스크랩하였다. 중장의 늘어난 부분은 음
보 수가 3-15-9-6으로 둘째 마디가 많이 늘어나 있다. 붕대를 매
고 고통 받는 사람들의 모습을 열거한 부분이다. 중장의 마지막
부분인 "소의 눈을 한 당신이 나를 빤히 본다"가 종장의 "맑은
절망"과 조응을 이루면서 비극적 서정의 진폭을 더해주고 있다.
둘째 수는 초장으로 인해 첫 수의 얘기가 5월 항쟁과 관계된 것
임을 알게 한다. 시적 긴장을 유지하기 위한 조치로 보인다. 중
장의 늘어난 부분의 음보 수는 6-4-4-3으로 점점 더 걸음 수가

적아지면서 극적 효과를 높이고 있음이 주목된다. 시의 절정의 효과는 중장의 마지막 부분과 종장에서 이루어지는 데 40년이 다 되도록 지워지지 않은 순수한 얼굴들에 대한 그리움을 떨쳐버리지 못함을 효과적으로 그리고 있다.

> 돈 안 돼 미안한 듯
> 잔뜩 몸 웅크린 채
>
> 골목길 불 지피는 희고 붉은 벚꽃 잎 샛길을 빠져나가는 유모차 위에 앉아 핸들 꼭 움켜잡은 구부린 허리를 덮어준다 들어 올린 어깨로 똑바로 앞을 보며 염색약 폴폴 날리던 수지미용실 지나 매콤하고 새콤한 비빔국수집을 지나 시골서 보내온 씨감자, 키보다 높은 상자 태우고 가는 날 좋아서 시병글 얼굴에 벚꽃 피었다 바쁜 택배차가 걱정스레 뒤 봐주는 아홉 시 햇살 위로 천천히 날리는 꽃잎을 따라서
>
> 오늘도 십 리 길 걸어
> 어르신 쉼터에 간다
>
> ─「벚꽃 유모차」 전문

 이 작품의 중장의 늘어난 음보 수인 13-12-11-10을 보면 다른 작품과 완연히 다른 흐름을 보이고 있음을 알 수 있다. 말하자면 사설시조의 반복-열거-절정의 기법이나 장단완급의 흐름이 일어나고 있지 않기 때문이다. 시의 흐름이 완만하고 느리다. 보폭 또한 비슷하다. 어찌 된 것인가. 그런데 중요한 것은 시의 내용이다. 사실 "십 리 길 걸어 어르신 쉼터"에 가는 것이니 바쁠 이유가 없는 내용이기 때문이다. 오히려 반복-열거-절정이나

장단완급을 넣는다면 이 완만하면서도 낭창낭창한 재미를 반감시켰을 것이기 때문이다.

"골목길 불 지피는 희고 붉은 벚꽃 잎"도 벚꽃 잎이지만 그 꽃잎이 "핸들 꼭 움켜잡은 구부린 허리를 덮어"주는 것도 운치가 있다. "수지미용실"이나 "비빔국수집"을 소개하는 것도 여유롭고 "시골서 보내온 씨감자"에 지레 "좋아서 시벙글"하는 것도 눈에 선하게 그리고 있다. 더구나 어떠한가. 그렇게 "바쁜 택배차가 걱정스레 뒤 봐주는 아홉 시 햇살 위"는 생각해볼수록 흥겹고 재밌지 않은가. "천천히 날리는 꽃잎을 따라"가니 한 세월도 이리 가면 좋겠다 싶다. 이 여유 있는 흐름은 절대적으로 음보수가 좌우한다고 보았을 때 사설시조 중장의 흐름을 "반복-열거-절정"이나 "장단완급"으로 완전 고정하는 것에 수정을 가할 필요가 있어 보인다. 좀 더 다양한 작품을 검토해볼 필요가 있겠지만 우선 「벚꽃 유모차」를 통해 평이하게 흐르면서도 완만한 사설의 묘미를 확인할 수 있다는 것은 흥미로운 일이라 판단된다.

집 옮기고 난 뒤 넌 잎 먼저 떼어냈지

사막이 고향이었나 잎도 없이 긴 목을 올려 피워낸 꽃숭어리, 고개 넘는 손수레에 가려진 내 엄마처럼, 할머니가 피워 올린 지붕 위 호박처럼, 천천히 천천히 다가왔지 오 발걸음 멈추지 않고

잎 없이 가시만 달고서 낙타처럼 걸어서
—「꽃기린」 전문

꽃기린에 대한 자료를 찾아보면 대개 이렇다. 대극과의 낙엽 관목. 줄기는 높이가 30~120cm이고 온몸에 억센 가시가 많으며, 잎은 구둣주걱처럼 생겼다. 봄부터 가을까지 깔때기 모양의 붉은색 꽃이 몇 송이씩 모여 피고 관상용으로 재배한다. 마다가스카르가 원산지로 열대 사막에서 자란다. 아마 시인이 이사를 한 뒤 가져온 꽃기린이 몸살을 한 것 같다. 그런데 희한한 점이 "잎 없이 가시만 달고서" 꽃을 피웠다는 것이다. 이 꽃 피는 모습을 "고개 넘는 손수레에 가려진 내 엄마처럼, 할머니가 피워 올린 지붕 위 호박처럼" 다가왔노라고 적고 있다. 눈에 잘 보이지 않은 듯하면서도 실은 내실이 꽉 찬(호박꽃이 아니라 호박이니) 꽃이었다는 것이다.

이 꽃은 잎 없이 가시만 달고서 야무지게 피었고, 낙타처럼 좌절하지 않고 천천히 다가온 꽃이라는 것이다. 중장의 음보 수는 6-8-3-2걸음으로 사설의 일반적인 "반복-열거-절정"이나 "장단완급"의 기준을 따르고 있다.

이 이외에도 "저주"라는 단어를 "여주 상주 경주 제주" 등 여행하기 좋은 장소로 읽고 싶다고 얘기하고 있는 「부글부글」은 드물게 초·중·종장이 모두 늘어난 사설시조인데 초장과 종장은 8걸음으로 늘어났고 중장은 6-10-8-8걸음으로 늘어나 있다. 언어유희 속성을 잘 활용하여 활달한 시상을 보여준다. 두 수로 구성된 사설시조 「내 아이의 햇살과 나의 햇살이 만났다」는 유연한 가락을 타고 동적이면서도 발랄하게 그렸다. 천진한 "아기의 햇살"과 "조심하고 하지 말고가 전부였던 엄마의 햇살"이 대비를 이루면서 흥미롭게 묘사되고 있다.

2. 촘촘한 구성과 선명한 주제의식

김월수 시인의 작품의 가장 큰 특징은 거의 모든 작품에서 촘촘한 구성과 선명한 주제의식을 보여주고 있다는 점이다. 밋밋하고 무심결에 얘기한 작품도 그 내면을 들여다보면 시인의 의도가 예리하게 관통하고 있다.

매화 앞에서 들었던 차디찬 꽃말에서
거칠게 들이대며 들어오는 해풍까지
머물던 문장 속 당신
그곳은 따뜻했는데

추위를 받아 낼 노래 없는 탓인가
여유를 한 겹 더 껴입으란 충고인가
흰 눈을 밟고 서 있는 듯
뼛속 생각 얼얼하다

두 눈을 치켜뜨고 연둣빛을 찾아 본다
아, 내 속에 이리 묵힌 세한의 길 있었구나
절벽을 잡고 오르는
천 길 설움 시귀詩句 같은

수백 년 한 자세로 절정으로 곧게 선
한 그루 소나무가 묵언으로 지킨 삼동
얼음에 갇혀만 있던
심미안 눈을 뜬다

—「세한도」 전문

〈세한도〉는 많은 문사들이 사랑하는 시제 중 하나다. 수많은 작품들이 써졌지만 실제의 〈세한도〉를 능가한 작품은 아마 없을 것이다. 그만큼 〈세한도〉의 격조는 범인들이 근접하기에는 어려운 고졸高拙의 미학이 있다. 시인은 이 세한도 앞에서 "추위를 받아 낼 노래 없"다고 말한다. 그래서 "뼛속 생각"까지 얼얼하다고 말한다. 그런데 이 막막함 가운데 홀연 시인은 "연둣빛을 찾아" 나선다. 이 지점에서 생각을 일으켜(起) 그 생각을 이어받아(承) 나가던 기류가 완연하게 바뀐다. "연둣빛"은 "차디찬 꽃말"의 대척 지점에 있는 사유라고 할 수 있는데 어디를 둘러보아도 이 빛깔의 기미조차 찾을 수 없다. 외연이 아니라 내포의 의미를 담고자 하는 의도를 시인은 이미 예견하고 있었던 것이다. "내 속에 이리 묵힌 세한의 길"을 찾아내고 더 나아가 "천 길 설움 시귀詩句"에 까지 이르게 된다. 이는 앞의 두 수와는 전혀 다른 전환轉換이라 볼 수 있다. 내면에 이르는 성찰까지를 거쳐 결국 시인은 "얼음에 갇혀만 있던/ 심미안"을 새롭게 눈뜨는 계기를 마련하게 된다. 잘 짜인 구성으로 인해 시의 틈새가 촘촘하고 주제의식이 선명하게 드러나는 효과를 거두고 있다고 판단된다.

온종일 쉬지 않고 짓고 있는 그 집은
물방울 천 개 모아 바위 위에 만든 집
역설이
숨 쉬고 있는지
앞만 보며 걷는 남자

얼기설기 엮어진 지붕에 어깨 내주며
땅 위의 세상에선 찾기 힘든 느린 걸음도
언제나
기다려 주는
뼈만 있는 그 남자

─「걷고 있는 남자의 시집 1」 전문

주춧돌 캐려고 들어간 겨울 연밭
탐나는 물건에만 빠져든 조각배 발
애절히
바라만 보는
눈길 깊은 그 남자

자석에 끌려오듯 한순간에 찾아온 곳
다져진 철통 몸매 거인 같은 훤칠한 키
긴 다리
멈추지 않고
나보란 듯 걷는 남자

─「걷고 있는 남자의 시집 2」 전문

〈걷고 있는 남자〉는 알베르토 자코메티의 조각상 제목 이름
이다. 한눈에 보기에도 앙상한 뼈대와 주름만이 있는 그의 조각
은 왜 인간의 아름다운 몸을 그렇게 빼빼 마르고 가학적인 모습
으로 형상화했을까. 시인은 첫 번째 작품에서는 "온종일 쉬지
않고 짓고 있는 그 집"에 초점을 맞춘다. 바로 시집詩集이 그러
한 조각이라는 것이다. 오로지 시만 생각해서 비쩍 마른, 너무
생각해서 생각의 진액만 단단한 돌이 되어 남아있는 조각. "물

방울 천 개 모아 바위 위에 만든" "역설"의 조각이다. "언제나/ 기다려 주는/ 뼈만 있는 그 남자"는 누구인가. 일차적으로 그 남자는 일생을 같이 살아가는 남자일 수도 있고 '이데아'일 수도 있다. 그러나 더 나아가 생각해보면 이것이 바로 시詩라는 존재이지 않겠는가. 시詩란 존재는 시인에게 언제나 그랬다. 물방울을 쌓아 올려 집을 만들기도 하고, 엉성한 지붕에 대신 자신의 어깨를 받쳐주기도 하고, 쌓았다가 다시 부수기를 수십 번 "세상에선 찾기 힘든 느린 걸음"으로 느리게 느리게 가 닿을 수밖에 없는, 그러나 무작정 "언제나/ 기다려 주는" 존재가 바로 시詩라는 것이다. 시에 대한 무한 신뢰를 담고 있는 이러한 논리가 설득력 있는 것이라면 이 작품은 시에 대한 메타시의 성격을 강하게 보여준 시라고 볼 수 있다.

두 번째 작품의 경우의 무대는 "겨울 연밭"이다. 무슨 연유인지 "자석에 끌려오듯 한순간에 찾아온" 연밭의 설정 자체가 그로테스크하다. 여기에서 시적 화자는 "주춧돌"을 찾기 위해 분주하다. "탐나는 물건"에 빠져서 "조각배 발"마저도 제구실을 못할 지경이다. 그런데 "다져진 철통 몸매 거인 같은 훤칠한 키"로 그는 자유자재 "긴 다리"를 잠시고 쉬지 않고 걷는다. 마치 자코메티 조각상처럼. 여기서 "연밭"은 어디이고 "주춧돌"은 무엇이며 그는 누구인가. 우리는 결정적으로 제목을 통해서 우리는 답을 찾아낼 수 있다. "연밭"이 바로 "〈걷고 있는 남자〉의" 바로 그 시집이라고 볼 수 있고, "주춧돌"은 시의 중심이 되는 핵심 시어나 주제라고 볼 수 있으며 그는 역시 시詩라는 존재라고 볼 수 있는 것이다. 두 작품을 통해서 우리가 알 수 있는 것은 시인에게 시 쓰기는 거의 생명과도 같은 중요한 문제임을 알 수 있다 이점은 자코메티가 평생 화두처럼 매달렸던 것이 거스를 수 없는 '죽음'의 문제였던 것과 상통한다. 죽음의 문제는 결국 인간 존재의 문제이고, 이는 곧 생명 실존의 문제이기 때문에 그렇다. 시詩 또한 그렇지 않은가.

3. 삶에 대한 온유함과 상징·내면화

서두에 시인이 지니는 시의 세계를 바람에 비유하면서 결이 온화한 바람이라고 하였다. 그런데 그 온화함은 삶의 표면에서만이 아니고 마음속에서도 번져난다. 내면화를 통한 감동이 무엇인지를 알고 있다는 얘기와 통한다.

뚝배기 배 한 척이 내 앞에 정박했다
뜨거운 매생이 앞 기억이 펑펑 운다
어둠 속 찰나를 뚫고
별빛만 건진 아재

삼남매 어둠 속에 덩그러니 남겨두고
잠 설친 물결 따라 물질만 가시더니
오늘은 어느 바다의
초록 별 건지는지

그믐밤 물속 깊이 까맣게 파고들던
그 설움 위장까지 찌릿찌릿 흘러내려

혹한 속 그리움 뚫고
매생이가 몰려온다

―「매생이가 온다」 전문

「매생이가 온다」의 부제는 "장흥 아재"인 것으로 보아 장흥
아재에 대한 가족사와 그에 관한 아픈 추억을 술회한 작품이라
여겨진다. 이 작품에서는 이것들을 형상화시키는 방식이 주목
된다. 우선 첫째 수와 둘째 수는 외면을 그리고 있다. 첫째 수에
서는 근경이 둘째 수에서는 원경이 그려지고 있다. 근경 "뚝배
기 배 한 척이 내 앞에 정박했다"라는 사실 자체는 상당한 진폭
을 가지고 있어서 다른 여타의 사실을 압도해버린다. 바로 시적
화자 앞에 놓인 한 그릇의 매생이 국을 통해 "어둠 속 찰나를 뚫
고/ 별빛만 건진 아재"의 존재가 형상화된다. 둘째 수에서는 첫
수에 기술된 "뜨거운 매생이 앞 기억"이 왜 "펑펑" 울었는지에
대한 이유 곧 아재 가솔들에 대한 가족사가 기술된다. "삼 남매"
만 "어둠 속에 덩그러니 남겨두고" 물질하다가 "어느 바다"로 영
영 가신 것이다. 첫째 수와 둘째 수가 외면을 그리고 있음에 반
해 셋째 수에서는 내면이 그려지고 있는데 주된 정서는 그리움
이다. 작품의 얼개를 탄탄하게 잡고 있는 점, 이를테면 작품을
'외면(근경-원경)-내면(그리움)'으로 심화되며 주제에 이르는 과
정이 치밀하게 전개되고 있음은 앞서의 「세한도」 등의 작품과
대동소이하다. 그런데 여기서 이 부분이 시적 감동에까지 연결
되고 있는 점을 주목해보면 차이가 난다. 시인은 이를 위하여
과감히 셋째 수를 통째로 투자한다. 초장에 기술한 "그믐밤 물

속 깊이 까맣게 파고들던" 배경은 아재가 죽음 직전 처한 상황을 더욱 극적으로 그린 표현으로 사전 포석에 해당된다. 그리움은 삼 남매만 남겨두고 "초록 별"을 건지러 간 아재의 죽음이 몰고 온 설움을 묘사한 부분에서 폭발적으로 분출된다. 바로 "혹한 속 그리움 뚫고"서 "위장까지 찌릿찌릿 흘러내"리며 몰려오는 매생이로 재현되는 부분에서 정점을 이룬다.

핸드폰을 열어도 인터넷을 펼쳐도
안 보이던 그 꽃이 찾아와 손짓을 한다
마침내 제자리 찾아
뿌리 뻗고 있다는 듯

꽃을 찾아 가시 덮인 선인장을 지난다
사막 속 전갈 피해 도착한 절벽에서
난 그만 뒤쫓아 가던
향기마저 놓쳤다

손안에 넣겠다고 착각을 한 것인가!
속삭임도 눈 흘김도 모두 다 사랑인가?
불혹의 꽃봉오리가
찾아와서 날 달랜다

—「꽃 꿈」 전문

이 작품은 시조에서는 발견하기 힘든 의식의 흐름을 보여주는 작품이다. 꽃의 행방과 관련하여 각 수에서 전개되는 내용을 따라가 보면 이 점은 확실해진다.

첫째 수 : 꽃이 찾아와 손짓을 함(시적 화자의 내면—제자리, 뿌리)
둘째 수 : 꽃을 찾아도 보이지 않음(가시 덮인 선인장, 사막 속)
　　　　　 그 꽃향기마저 놓침(전갈 피해 도착한 절벽)
셋째 수 : 불혹의 꽃봉오리(욕망, 유혹, 질투의 사랑)

꽃은 보이면서도 안 보이는 존재다. 역설의 꽃이며, 상징의
꽃인 셈이다. 이것은 실제의 꽃일 수도 있지만 의식의 흐름 속
에 있는 꽃일 수도 있다. 첫째 수의 꽃이 손짓한 꽃이 내면의 꽃
인 이유는 실제(핸드폰)와 가상공간(인터넷) 모두에서 볼 수 없
기 때문이다. 첫째 수와 셋째 수는 둘 다 꽃의 존재가 드러나고
있다는 점에서는 동일하지만 첫째 수는 내면의 꽃인 반면 셋째
수는 내면과 외현에 동시에 존재하는 꽃이라는 점에서 다르다.
상징성 측면에서 보자면 꽃은 사랑, 자유와 평화 등 추상적 존
재일 수도 있고 풀밭과 샘과 시詩 등의 구체적 존재일 수도 있
다. 중요한 것은 독자에게 이렇듯 상상력의 충분한 공간을 열어
주고 있다는 점이다.

쇄암리 일 번지가 폭설에 파묻히고
밤새워 토닥토닥 들리던 다듬이 소리
당신의 밀풀 향기가
소리 되어 울립니다

지워지지 않는 글자 또다시 쓰다가
날씨에 기대앉은 매화꽃을 보았어요
편지에 꼭 맞는 글씨체

오늘에야 만났어요

골목 바람 깊다 해도 차분함은 잃지 마라!
천천히 스며드는 한 줄기 빛의 소리
새들도 몰래 보느라
지나가지 않네요

—「매화」 전문

「매화」는 삶에 대한 여유와 지혜 은근함이 잘 배어 나오는 작품이다. "쇄암리 일 번지"라는 구체적 지면까지 등장한 점은 자칫하면 상상적 공간으로 빠지기 쉬운 안이함을 제거해준다. 동시에 이 작품은 성찰적인 느낌을 많이 내포하고 있는 시다. 마지막 수의 "골목 바람 깊다 해도 차분함은 잃지 마라!"는 당부는 집안 어른의 얘기로 해석해볼 수도 있지만 담고 있는 내용의 시적 화자가 살아오면서 체득한 삶의 지혜로도 해석이 가능하기 때문이다. 종장에서 보듯 시적 화자는 새들과 같이 공감하는 여유를 가지면서 매화꽃에 "천천히 스며드는 한 줄기 빛의 소리"를 듣고 있음을 볼 수 있는데 이 "빛의 소리"가 직접적으로는 "차분함은 잃지" 않는 매화의 지조와 절개를 내포하고 있다고 판단된다.

4. "터무니"에서 "고래"로 견인해 나아가는 삶

시인의 가고자 하는 길을 살펴보는 방법은 여러 가지가 있을 것이다. 그 방법의 하나로 과거의 자아와 현재적 자아의 위치를 살피고 미래적 자아가 나아가고자 하는 방향을 살피는 것도 의미가 있을 것이다. 다음에 열거하는 작품들은 각각 과거, 현재, 미래를 가장 잘 투영하고 있다고 생각되어 골라보았다.

> 고개를 숙여야 드나들던 작은 쪽문
> 금빛과 어둠이 바람 따라 들고 나고
> 거짓도
> 진실이 되는 곳
> 어디 가면 만날까!
>
> 헐벗은 수다가 떼를 지어 들썩이면
> 창밖을 바라보던 사치를 접어두고
> 초승달
> 띄운 국수를
> 저녁으로 팔던 집
>
> 생소한 계절풍의 기류에도 다정하고
> 꿀맛 나는 소반 한 상 만나는 꿈속의 집
> 아버진
> 어느 누마루
> 터무니에 앉아 있을까
>
> ─「터무니가 사는 집」 전문

「터무니가 사는 집」은 시인의 과거를 가장 집적화하여 보여준다. 그곳은 우선 바깥에서 바라보면 첫 수에서 나타난 것처럼 "거짓도/ 진실이 되는 곳"이다. 그리고 이 집안에 들어서면 둘째 수에서처럼 "헐벗은 수다가 떼를 지어 들썩이면/ 창밖을 바라보던 사치를 접어두"는 따사하고 정겨운 공간으로서의 집이다. 얼마나 아름다웠으면 "초승달/ 띄운 국수를/ 저녁으로 팔던 집"이라고 했겠는가. 슬그머니 그 집으로 놀러 가고 싶을 정도다. 물질적으로 풍요롭지는 못했지만 "꿀맛 나는 소반 한 상 만나는 꿈속의 집"을 시인은 늘 품고 살아왔음 직하다.

> 천 년의 바람을 등 뒤에 지고서도
> 몇백 구비 구름을 정면에서 맞서며
> 시장기 잊지 않으려
> 높은 자리 고집한다
>
> 창백하게 쌓인 눈은 내 감당할 명분인가
> 까마귀 울어댄 골짜기 넘고 넘어온
> 절정의 바람과 함께
> 지금 여기, 껴안는다
>
> ―「고사목」 전문

시인의 현재적 자아가 지니는 자세는 어떠한가. 뒤에서는 늘 사납게 휘몰아치는 "천 년의 바람", 앞에서는 전진을 방해하며 위협을 가하는 "몇백 구비 구름"을 정면에서 맞서며 나아가려고 한다. "시장기를 잊지 않으려"는 것은 늘 긴장하며 생존의 필수 조건들을 점검한다는 뜻이며 "높은 자리"를 고집하는 것은 절차탁마하여 격조가 높은 시의 세계를 이룩하려는 의지로 읽힌다. 그래서 시인은 기꺼이 "창백하게 쌓인 눈"을 감당하며 "절정의 바람"까지를 껴안는 고사목이 되고자 한다.

화살 구름 쫓아가다 다시 만난 양털 구름

마주 보며, 파도 타던 그리움 달래본다

어미 뒤

따라다니던

먹구름 깊은 골

여울을 건넜어도 너울을 넘었어도

안 보이는 눈동자 흔들리는 지느러미

바다의

어미가 되는 슬픔

젖꼭지에 감춘다

갈맷빛 무인도가 항구처럼 떠 있는 곳

섬에 사는 그 노래와 함께할 수 있다면

이제는

작살에 맞서

파도 속에 던져보리

―「고래의 길」 전문

　　시인이 가고자 하는 길의 미래형을 잘 보여주는 것이 「고래
의 길」이다. 이 길은 그리움의 길이고 슬픔의 길이며, 동시에
도전의 길이다. 현실이 "화살 구름"과 "양털 구름"과 "먹구름"이
동시에 공존하는 바다라면 미래 또한 마찬가지일 것이다. "여
울"과 "너울"을 넘어 어려운 순간들을 개척하며 나아가야 한다.
"바다의/ 어미가 되는 슬픔"을 혼자 감내해야 한다. 어둠의 해구

에 갇힌 생물에게도 생명의 빛을 주어야 하고 음지의 왜소한 생물에게도 생체의 생리 기능에 필요한 광물성 영양소인 칼륨, 나트륨, 칼슘, 인, 철 등의 풍부한 미네랄을 공급해 주어야 한다. 그들의 슬픔까지를 다 덮어주는 넓은 그릇이 되어야 한다. 동시에 외계인들이 생명을 위협해도 강하게 맞서며 나아가리라 다짐한다. 기꺼이 "고사목"과도 같은 마른 절정, 시인詩人의 길을 가고자 한다. 시인의 문학적 지향점을 이 작품들을 통하여 가늠해볼 수 있다.

우리는 지금까지 김월수 시인의 시조집에 나타난 작품을 살펴보았다. 김월수 시인은 첫 시조집임에도 사설시조의 가락을 잘 운용하고 있다. 완만한 구성을 지니면서도 시적 절정의 기법을 충족한 작품을 드물게 확인할 수도 있었다. 동시에 촘촘한 구성과 선명한 주제의식이 잘 드러나고 있음도 살펴보았다. 「세한도」라는 작품을 통해서 "내 속에 이리 묵힌 세한의 길"을 찾아내고 더 나아가 "천길 설움 시귀詩句"에 까지 이르는 전轉을 통해 내면에 이르는 성찰까지를 보여주고 있다.

한편으로는 삶에 대한 온유함과 이를 내면화하는 데에도 신경을 쓰고 있는 점이 주목된다. 「매생이가 온다」에서는 삼 남매만 남겨두고 "초록 별" 건지러 간 아재에 대한 설움이 "위장까지 찌릿찌릿 흘러내"리는 매생이로 생생하게 재현되고 있으며, 「매화」에서는 삶에 대한 여유와 지혜의 은근함이 잘 배어 나오고 있다. 오늘날의 시들이 대부분 부박하게 표면만을 산뜻하게 포장하는 경우가 많은데 시인의 작품은 진중하면서도 감동적이다.

시인은 또한 기꺼이 "터무니"에서 "고사목"을 거쳐 "고래의 길"로 나아가고자 노력한다. 늘 사납게 휘몰아치는 "천 년의 바람"과 "몇백 구비 구름"을 정면에서 맞서며 나아가려고 한다. 그리움의 길이고 슬픔의 길이며, 동시에 도전의 길인 「고래의 길」로 나아가고 있다.

시조 시단은 듬직한 시인 하나를 얻었다. 시인이 보여주는 이러한 시학적 태도는 분명 우리 시조 시단에 새로움을 줄 수 있을 것이다. 시인의 후속 작업에 기대를 모아본다.

김월수
2012년 ≪열린시학≫ 등단. 임화문학상, 열린시학상 수상.

고요아침 운문정신 034

화살나무

초판 1쇄 인쇄일 · 2020년 12월 15일
초판 1쇄 발행일 · 2020년 12월 29일

지은이 | 김월수
펴낸이 | 노정자
펴낸곳 | 도서출판 고요아침
편 집 | 정숙희 김남규

출판 등록 2002년 8월 1일 제 1-3094호
03678 서울시 서대문구 증가로 29길 12-27 102호
전화 | 302-3194~5
팩스 | 302-3198
E-mail | goyoachim@hanmail.net
홈페이지 | www.goyoachim.net

ISBN 979-11-90487-54-2(04810)